如果你正在滾著手中的大石，
這個上坡完，還有下一個。

蟻王要的也不是這種蟻后

美國牛津大學詩詞社——著

目次

輯一 庸人的病治不好

庸人自擾

但他至少
把肉都擺好
庸人自豪
說生吃最好
卻躲起來烤
庸人知道
虛假這病治不好

梅雨季節

下了場雨
滴出幾個窪　來了青蛙　呱呱
出生的時候
墜地呱呱
接著
一生唏哩花啦

信仰

信上帝　避免性上癮
心上人　放進信箱裡
你行你上　但不要形而上的大道理
欣賞你　欣賞你姐妹也合理
新上映　幾季多久在哪裡？

信仰之二

已上癮　現在我是信命理
性命裡　藏不住幾個祕密
不幸地　走不到高勝美地
不勝唏噓　跌倒不慎屈膝
大人鞠躬敬禮
小孩舉起雞雞

眼睛很疲勞

決定下班提早
這袋米我得扛牢
家裡還有兩老
等著幫我養老

過年回家

得要實際點了吧
說話要會看時機點了吧
不要再去慈濟撿了吧
還有陰德什麼的
下輩子再集點了吧

初戀

再見我的愛
再見到說嗨
發現你已經
有了些小孩
叔叔你好
家裡歡迎你來

相親相愛

到了三十歲我放棄夢想
關於跑車　女人　香檳
許願家人相愛相親
幫我安排相親
適時往自己臉上貼金
叔叔　阿姨　千金
人生就要不斷前進
跳過結婚
直接進到洞房的前戲

結家

哪裡才是家
跌倒的地方
最後結成痂
一起過年的親家
多了幾個娃
多了我這個
沒用的傻瓜

我的志向

複雜的心情
一生不得不做點什麼的心情
或是根本沒有心情
年輕人沒有興起
一年放空好幾個星期

說話的藝術

說話的藝術
說實話沒有益處
說實在沒有藝術
我實在滄海一粟

大爺

朽木不可雕也
生來只想當大爺
長相雖然使人不解
手上鈔票握一大疊

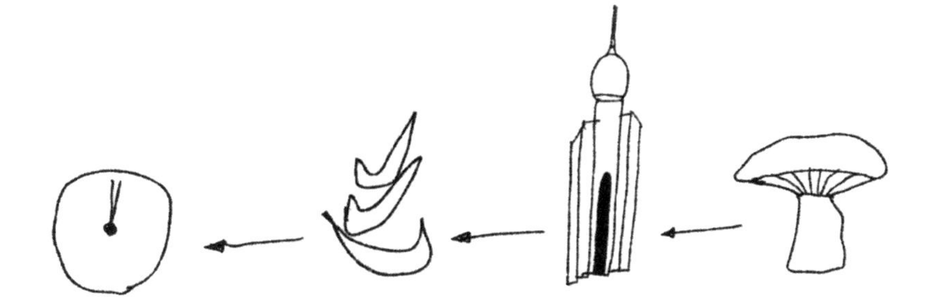

進步的進度

我有進步嗎
夢想要怎麼顯示進度
我有嫉妒嗎
社會上的基督
天冷一樣激凸

太緊瑪哈陵

太緊會沒有靈感
會沒有
太緊馬哈靈
從台北搬進
台東太麻里

跟流行

怎樣才是生活
SNOWPEAK的
帳篷旁邊生火
老婆我跟你說
沒什麼好擔憂
好淡呦
她也說我們的生活

又過了

上或不上
金融遊戲
上或不上
精蟲遊記
不下不上
二零二二的
你自己

前衛之輩之一

前輩爬到前面
那裡飄出錢味
在命運面前
沒有一絲謙卑
一張床　單人棉被
前輩其實自卑

前衛之輩之二

講話　講得　天花亂墜
喝酒　喝醉　前輩不醉
我不想得罪
滿口回憶的前輩
長襪配板鞋
前輩曾經前衛

這輩子

我們永遠不滿足
剛有一百馬上想一千
以前要的不是這種以後
蟻王要的也不是這種蟻后
不怕一萬只怕萬一
萬一我這輩子就這樣了

期望我們都能駕馭時間這頭猛獸

時間三部曲之一

時間它是有限
充很慢它是無線
不能後退是它底線
喝醉的往前走一直線

時間之二

時間它要我實現
畢業之前我在實踐
閉眼之前都算實驗
時間它要我食言

時間之三

時間之三
還能寫到之三
坐過站到芝山
浪費時間的週三
雨和露我都沾

動手術

GREY GLUE DARK CLUE

DOCTOR SAID THERE WILL BE A HOLE FOR

YOU TO SEE THROUGH

"STITCH IT BACK" I SAID

I'VE SEEN THE SKY, IT'S TOO BLUE

魔鏡啊魔鏡

一定要誠實
告訴鏡子
想把擁有的都乘十
貪婪不曾停止
在想要更多的同時
最想要回到兒童時

生小孩

狐狸啊
對新世界還很狐疑
遲早有一天
你會追求無敵
等你無敵以後
無靠無依
愛你的爸媽
還有玩具
依然會在家等你

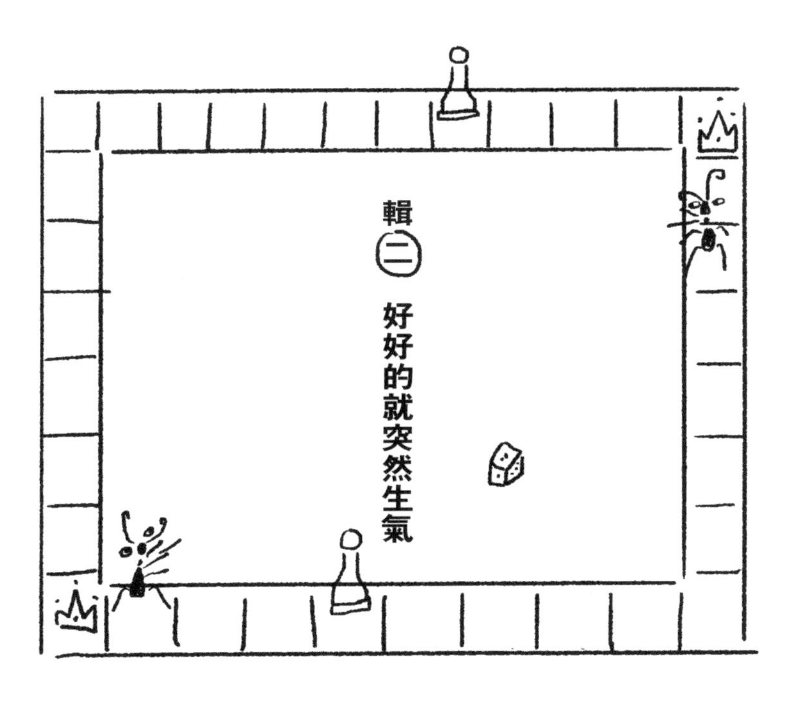

輯二 好好的就突然生氣

台北

人行道　馬路邊
不顧一切地抽菸
每一天
為了那幾個臭錢
鏡子前
打扮得漂亮一點

蛙眼看人低

大方談吐
是蟾蜍
大方吐痰
是難相處
大方談吐的蟾蜍
難和青蛙共舞

放下和放假

追求心中的踏實感
放下很需要勇敢
追求心中的鯉魚潭
放假也需要有膽
我開除我老闆

造神運動

跟主管開會你給我穿勃肯
你這新人是要多狠
公司冷氣是要多冷
出了社會是要做人
做人以後又想造神

刑人優先

有錢人在趕
沒錢人也在趕
趕著重新投胎
正常或是怪胎
各懷著鬼胎
心懷不軌所以吃齋
佛祖和耶穌處得很自在

三國演義

在有限的土地上
每個人都想當王
在有線的主意上
每個人都想張狂
好房或好的乳房
上下滑東張西望

人狗殊途

在表面留下記號
樹幹　桌板　路邊尿尿
像狗一樣
真不知該如何是好
像人一樣　總想大事化小
若一輩子沒事多好

出社會長篇大論

好好的突然就生氣
好好的突然就生病
人老了沒法再升旗
哈佛大學我提出申請
佛祖保佑我進入牛津
牛仔褲要鬆還是要緊
一點都不要緊
爸媽幫你處理
講錢還是講道理
所有事講到底

生命短暫而美麗
滿口哲學和狗屁
穿金戴銀去掃地

稍縱即逝

稍縱即逝的美麗
一轉眼就沉到海底
在那裡我需要氧氣
你媽希望由我來養你

稍縱即逝的美麗
稍微有點深不見底
美好未來看不見你
不想回答也不用你建議

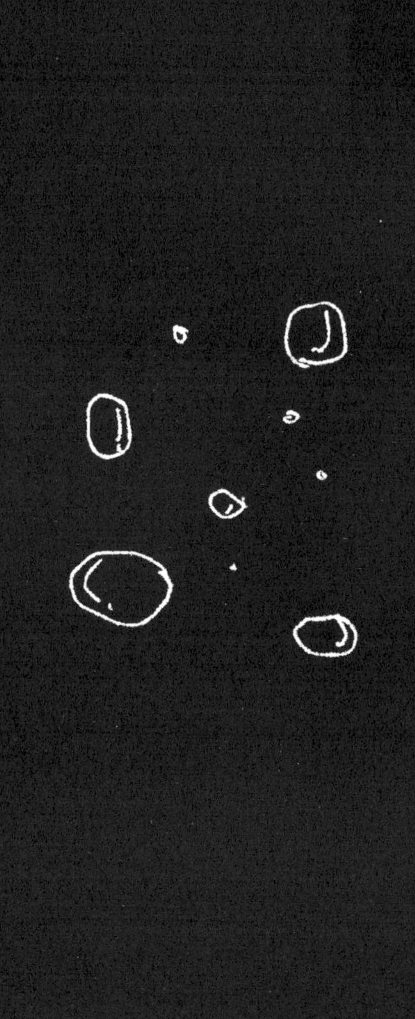

抉擇

嘴不要一直撅著
請你趕快抉擇
要做怎樣的學者
才不用一直跪著

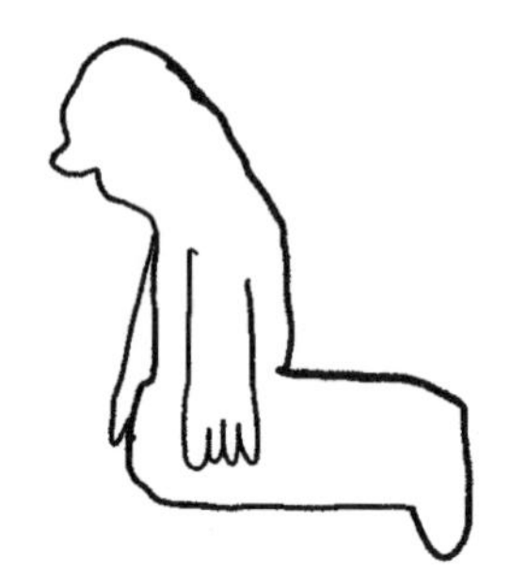

第一志願

你要選擇
孑然一生
還是截然不同的一生
爸媽希望你成為
攔截痛痛的醫生

畫餅充飢

這邊一個絕佳機會
經濟變成頭等艙位
報名就享雙人優惠
跟著老師絕對學會

刺激驚爆點

我和同伴策劃
拿下這間銀行
沒有備案
只有背叛
在錢面前
提什麼勇敢

一位

可以取代我的人工智慧
可以抬舉我的人工智慧
只做工的需要什麼智慧
如果做什麼事都只為
取得一個學位
不懂取捨　不懂退位
不懂人類為何自我毀滅
出賣你的是你最好的姐妹
成長的營養是血和淚
廢話聽太多需要洗胃

一無所有的我該感到欣慰
成功人士追逐廝殺的血腥味
我在地圖上寫下台灣的經緯
暴力無法使人敬畏
穿緊身衣會散發一股緊衣味
生命最後一刻
誰能讓我緊緊依偎

我一定

有一失必然有一得
有醫師必然有醫德
凡事沒有一定的
我跟你不保證
手術一定不起死回生

建築系

辛苦建築這社會
逐漸辛苦這社會
想讀建築的這位
獨享棟梁的滋味

加個但書

極度富有
但要禿頭
極度乾燥
但狂出油
嫉妒富有
但什麼都沒有

測量尊重

這台機器能測量尊重
看你給我有幾兩重
多或少要概括承受
不夠也沒得折衷
不行

你對我不夠尊重

奇怪規定

禁止導盲犬入內
准許幫倒忙犬入內
我們人類
應該才被關入籠內

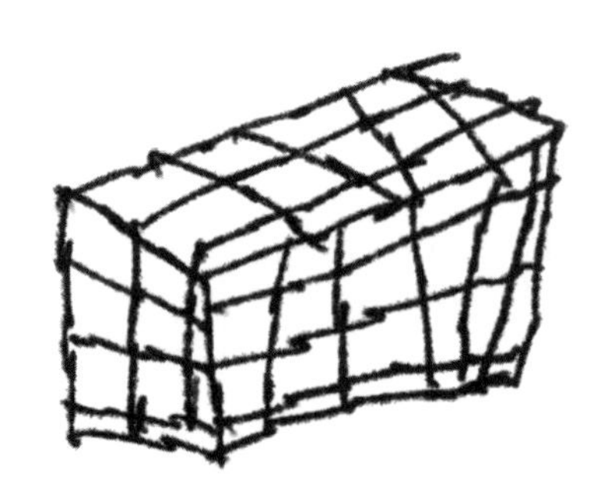

成為民

成為誰
被崇拜著
被蟲害的成為賊
弱小的
成為民

新的什麼

求新求變
科技又突破了極限
從今以後
打球不會出界
老公不再出軌
男人不再整天想著約誰
沒有偷搶　沒有賊
沒有自由的社會

開心果

The high-up, the down-low

Memories I couldn't download

Being a clown

inside this town hall

My only job

is to get down real low

密室逃脫

緊密
不給我留空隙
重點沒有空記
學會讀空氣
禍從口出去
從大門走出去
找目的還是目的地
找到自己墓地
右下角沒有日期
思考意義

頻繁得像開關冷氣
爭奪土地　爭奪人氣
爭奪誰最差勁遊戲

輯三 十五分鐘過不去

還有十五分鐘

選舉要到了
pchome 要到了
生日要到了
垃圾要倒了
點要頂到了
目的地要到了
7-11 要到了
好處快要到了
在路上真的快要到了

收心操

把心收回來
差點變壞蛋
把情收回來
差點被暗算
把精抽回來
差點變黯淡

巷口那攤

身處在每個時代裡
都會感覺身不由己
我今晚點的鹽酥雞
讓我感覺油膩不已

研究所

考研
還是要鹽烤
關於口味
執著到煩惱
關於煩惱
還是要延考

文化衝擊

燒肉粽　吉士漢堡

二選一

台灣教育　美式口音

有些懸疑

比較心

比較是一條不歸路
比誰先到忠孝西路
歸西在半路
比較稀的做西米露
比較龜的一直想當兔

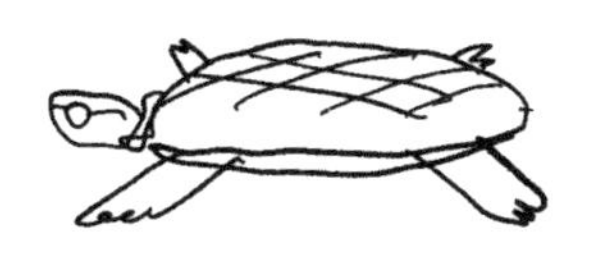

Hey, Siri

智慧眼罩
智慧奶瓶
智慧耳機
智慧按摩器
我實在不聰明
只能暗自哭泣

教育家

老媽對不起
心中那把尺
老是對不齊
做為一名教師
甘願任賢騎

看牙齒

來嘴巴張大
說　安安擊碎
蛀哪
再一下臼好了

腫瘤

我擔心頭裡面長東西
父母的聲東擊西
害怕對方提早歸西
沒洗的碗堆積
快讓我窒息

第三級警戒

這批剛出爐
這逼足不出戶
這快認不出 who
逼不得已的出路
逼我要粗魯
這和我當初
有很大的出入

跑馬燈

喂

你有感覺到晃嗎

你有感到絕望嗎

你有勇敢提出希望嗎

你有拜拜了還不旺嗎

你剛答應我的事

馬上就忘了嗎

罪惡感

最餓的時候
失去罪惡感
最噁的時候
持續罪惡感
辭去的時候
只剩罪惡感

軟弱

牆上有個開口
楚門終於看見世界的開闊
父母向我開口
我們終於看見彼此的軟弱

早睡早起

規律的生活
快分不清死活
歸去的生活
是覺得他人不如我
歸西的生活
是否當初不該生我

三十歲的課題

繳不繳費
無所謂
腳不腳廢
無所為
房貸那是
你家的事

落枕

夜長夢多
猛然一回頭
你在我身後
親愛的枕頭
帶給我情愛的陣痛

筋膜炎

連接我的脖子我的腦
沿著我的困境我的擾
就算邪惡也很好
支撐著我
每晚的幻想
有多美好

草東新專輯

苦瓜雞蒜濕
落湯雞也算濕
聽草東的EMO大師
抽草必須人盡皆知

地下地上

海底世界
有比地上好嗎
有筆遞上好嗎
地下地上
同樣簽給迪拉胖

州愚民

我們不能
真正擁有什麼
從上面看你

在水裡游著什麼
開始早上
吃著魚油什麼
魚也不知道
是被餵了什麼

網友愛吵架

菁英不菁英
最近頸子硬
背景不僅硬
背地裡也陰
我要積多少陰德
才能讓我晚年
雞雞一直硬著

政治青春期

口水從四周滿溢
藍綠的戲
看不起又放不下
右邊乳房
突出得不像話
突出的人不愛說話
鏡子照了幾遍也就那樣
一驕傲馬上醜得四不像

台灣囝仔

終將孤立的小島嶼
爭先恐後的小飄雨
正向鼓勵的小標語
曾想努力的小刁民

龍年計畫

轟咚隆咚嗆
我和我最後的倔強
沾著紅綠色的醬
過年我一個人
吃一禮拜壽司郎

全力地吃

月光族吃越光米
星巴克配沙西米
生活就算不盡人意
都不應該放棄　吃的全力

GTA6

以後長大我要
當俠盜獵車手
還要當第一名
俠盜獵車首
最後一名乘客
夾到列車手

午餐預算一百五

這顆糖好苦
這堂課好酷
在這堂課上吃這顆糖
好苦又好酷
我究竟是很酷
還是很會吃苦？

快樂清單

這是一張快樂清單
咳嗽是快樂清痰
才覺得是清清淡淡
突然又想兢兢戰戰
內用改外帶
內心和外在
快樂是現在

智齒

我這個人
自始至終
都
智齒置中

燕麥奶

人保持震動
乳糖不耐震動
肚子保持陣痛

蛋

震動震盪
枕戈待旦
鄭哥帶蛋
飽家餵國

國王的隨從

當國王脫去他的新衣
宮舔新衣
當我脫去我的外衣
You ask me why

袋子

迫不及待
破布即袋
poor不急Die
頗不期待
我不擊敗

抓不住

在我眼皮底下逃走
在我語畢之後就走
全世界都想看我出糗
那看看我化腐朽
維生素D

你聖潔

在這
銲的一年
吃銲絕對
真正愛你的人
獨自守著扇貝

床

在哪裡跌倒
就從那裡起來
在哪裡睡著
就從那裡起來

細芽

細芽無限好
只是近黃根
矽靈無限好
只是近髮根

植髮人員

我手中這本法典
能夠延長你髮線
先罰寫一百遍
言承旭延長線

中國有西瓜

截至目前為止
五個投橘子
四個投馬鈴薯
一個投百香果
投票結果
復活的是橘子

眼角

我注意到你眼角
形狀有助於修飾臉小
惠妮修飾頓
位於休士頓

花生糖

桌上那支花生糖
吞下去會發生啥
蹲下去會

花生什麼事了剛剛

神奇寶貝

我說實質上
小拳石打完小磁石上
小慈時尚
石上玩家
硬著頭皮回家

酷拉皮卡

你這巨蟹座
剛好能力是具現化
想像一隻蝦
使他巨蟹化

尼莫與牟尼佛

沒有水的魚缸
沒有魚的池塘
沒找到尼莫
找到釋迦牟尼佛

輯四 隔壁的老黃

舒服的朋友

巷口的阿姨
每天和我　早安　你好
這價錢絕對比外面好
她的壞　她的好
我也懶得去知道
人與人
這樣的距離很美好

老張

菸槍　腰包　米粉湯
上香　禱告　彩券行
幻想已中獎的老張
眼淚一路流向胸膛

志豪

自嘲自豪
那白痴叫做志豪
志豪自嘲
一生自豪改不了

六十石山

全程搭配開襟衫
登頂照片拍了又刪
還拍了佑姍
她說拍她這事
事不過三

米國郎

嗨！你好
我是美國來的美國人
喔！你好
我是德里布饒來的
德里布饒人

五六七八

老王賣瓜

自賣自誇

老王八賣瓜

志在自誇

藝人

謝震武
謝祖武
傻傻分不清楚
謝祖腫
跳不了謝震舞

光良

剛剛還在夢裡面
起來世界又在變
記憶中的髮線
我還是當初那個少年
只是吃飯要開始少鹽

IDOL

扶不起的阿斗
抖抖他的雙手
得要精神抖擻
得要常常social
折騰了這麼久
依然一無所有
依然還是
愛得毫無保留

芭樂

我一輩子都種芭樂
曾經我試過甘蔗
那味道太過乾澀
直到我遇見芭樂
他成為我的伯樂

一直到我老了

憑交道

阿媽在和我打交道
一路打上平交道
憑空而出的焦躁
憑在台北出生的驕傲
要怎麼虛心
接受批評指教

扒加玖

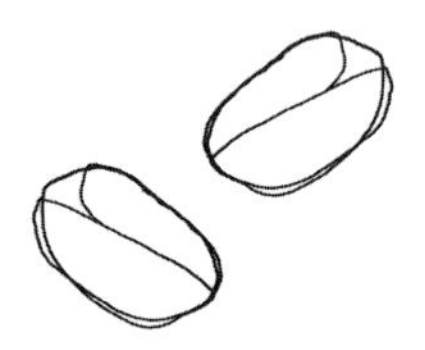

由內而外

同一種紅色衣服
不同種皮膚
不同種皮膚
同一種紅色BEEF

自卑又自信

表哥的婚禮
舉杯又致敬
還問我年薪
大嫂很滿意
大嫂很滿溢

春風吹又生

滾石不生苔
於是我滾
春風吹又生
能屈能伸
又生整個人
炯炯有神
春風很是得意

初衷

人生不如意十之八九
到廟裡求保佑
人真不願意遇到十隻八九
最出頭的叫阿佑
國中畢業以後
向左和向右
有的走進死胡同
有的總感覺失重
有些夢想胎死腹中
不管考上牛津或附中

喝太多隔天一樣浮腫
太多話成仙才讀懂
小套房妄想變獨棟

小人物堅持著初衷
我的初衷
都放進這本書中

輯五 色字頭下一把巴

晚禱告

上帝我有 sin
嘔吐給我 bin
給我留點蜜
但是不要膩
給我她閨蜜
但是不要溺

SIN.

風光

手扶梯　電梯裡
我躲進上個人背影
有時很大　有時很晃
有時很想看白色的裙裡
風光　我也想瘋狂

男子蟲

朋友們
一個個發光
又不是螢火蟲
比較像淫蟲
男人們
一個個發慌

白日夢

依稀是在白鹿洞
位置就快擺入洞
在驚喜和懊悔之中
只有冷氣葉片在震動

不可以

畫了大半
又一直想加
繞了大半
又一直想家
到了大半夜
又一直想插

特殊的香味

慾望的來源
使口水變黏
流汗變鹹
惡臭的根源
腳指甲丟掉之前
忍不住多聞幾遍

原則問題

可慾
不可窮
可綠
不可囚

打掃環境

dyson 的吸塵器
是真的有它的吸引力
老婆瞬間成了吸力人妻
頭頂的綠光
不再閃耀大地

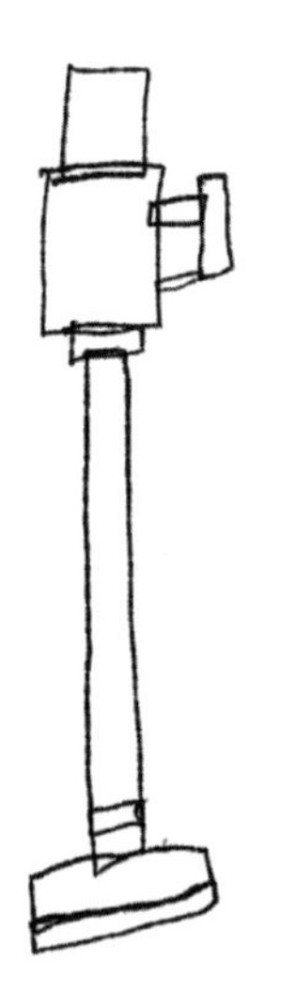

我愛舒適圈

玩我的積木
玩家有徐磊和朱木
想獲得更多的注目
對象僅限愛玩的主婦
已經飢腸了
不想再轆轆
已經幾場了
不想再庸碌
到了機場卻還在踱步
平庸的人那是大多數

美女與野獸

閉上眼睛感受
我從一頭野獸
學習人類演奏
學習人類眼紅
再變回一頭野獸

社會進步

祭司　神殿　征戰是
——的從前
激素　時間　政治　改建
是未來人的從前

westworld

It's been a while

Since I opened an old file

containing my old life while

having the other life out there

somewhere wild

台北生存直男

星期五的晚上
我又到處遊蕩
馬路　香檳　細肩帶搖晃
遙望　紅色燈籠淫蕩上床
紅眼睛打電話給爸媽
你兒子充滿希望
今晚有兩顆月亮
晃呀晃呀晃

委屈自己一秒

自己一個人的晚上呀
冰箱也沒東西
牆上也是空的
只有一顆心
撲通撲通地狂跳

做主角

在我手舞足蹈
之後鼓譟
之後總感到枯燥
拍一張獨照
至少能做主角

紐約

台北　紐約　你問我心在哪裡
台妹　扭腰　她問我行在哪裡
還有願望
繫在哪裡
帶不走的寄到哪裡
有時候只是想
玩到明天不知醒在哪裡

今晚不想自己

陪我混一下
陪我文藝下
陪我聞腋下
閉眼睛
陪我回憶下

奶子

圓的　方的
其他形狀的
你的　不是你的
人為何總喜歡
後者

pchome

順著毛摸
還是瞬間發火
順著毛脫
結果我
瞬間發貨

男男女女

手心手背都是肉
往前往後都是 no
當我深深深深愛過之後
一切好像都沒發生過

新的 iPhone 不備份

距離上一次　打開舊照片
想起上一任　求了他幾遍
想起這幾年　有了大改變
現在連
上滑的力氣　都已經不見

健康詩詞

把思想淨空
冥想　瑜伽　放鬆
原型食物　生理時鐘
和宇宙溝通
我能活到一百歲
都菸不離手

Just another city

The wood smell

with its own tale, humble

I try to reach out, fumble

Heart to stomach, rumble

We all come and go

without dropping any crumble

愛

什麼是愛
怎麼示愛
要怎麼買
該怎麼賣
怎樣是愛買
怎麼能買賣
愛錯了怎麼買
愛錯了怎麼賣
買賣　買菜　買愛
愛愛

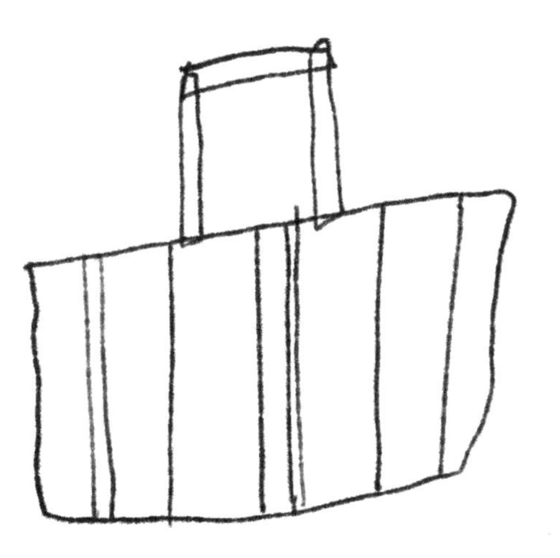

輯㈥ 就還不想放棄

聽聽你心裡的聲音

沒有聲音

才華

小子　你才華洋溢
依然無法使塵土揚起
但可以養你自己
也可養羊當你知己
才華羊益

我也是

你也是一名饒舌歌手
每當拿起紙就被割手
上節目展現歌喉
還沒那個什麼誰紅

當

當我還在
當我還愛
當我還有阻礙
當我還有煮菜
當我還想耍賴
當我還想著重來

紙與火之歌

我以為我得到
最後發現我沒有
這結局常有
我聽說
在最後的時候
只能選一樣帶走
桌上的紙
或心裡的火

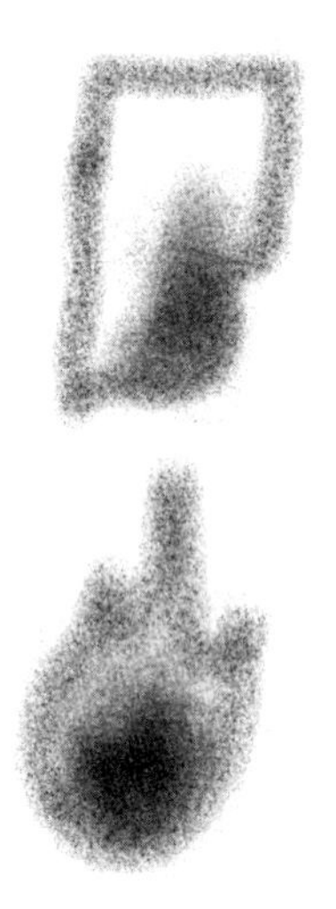

拖延症

就去做　去做　去做
先感受　感受　感受
怕犯錯　犯錯　犯錯
懶惰　懶惰　懶惰
說我　說你　說我

腦神經

發人深省
使人發神經
使人發自內心
始於同一件事情

修煉

還得找幾次家
有的出家　搖滾袈裟
有的搖擺他鄉
什麼都沒有的
去廟裡點支香

更高的目標

去不到的地方
為何一直提
已經沒有錢
為何一直提
一切的一切
只為合而為一

詩人脾氣

我不喜歡其他人的詩
所以我自己寫
我不喝其他人的汁
所以我自己捏
驕傲沒什麼不好
尤其我樣貌姣好

紅燈走，綠燈行

You saw an ending point?

of what? Life?

of everything

The red

will always be wavering

院線大片

我導我自己的戲
沒有狄卡皮歐之類的大咖
只有老百姓爭搶吃瓜
某天當主角又再拾荒
撿到一台機器能倒流時光

差一點

一直沒完成的畫
卸不下心房
創作像新婚新郎
滿肚子激情在衝撞
至於成為藝術家
只差叼著一朵花

An idea

還在等待

What else to write

無奈　差不多的 night after night

戴還是不戴　ride or die

貸還是不貸　rent or buy

戴愛玲還是愛黛兒

It's just an idea

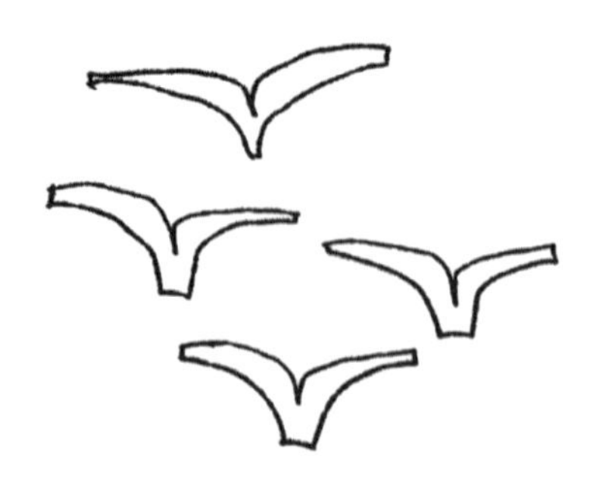

我們究竟是不是真的？

我想發瘋　找不到理由
找不到母體和尼歐
沼澤中母女和海鷗
尋找著母語和海風

大器壓力

有人看
就開始有壓力
大器的人
承受大器壓力
普通的人
就還不想放棄

魚是乎

放長線　釣大魚
我在大魚裡又藏線釣中魚
終於我有了大魚和中魚
我又想要河裡所有小魚
我要大於所有的小於等於
我的詩將被博物館收藏整齊
我得失心將被寫成一本
無聊齋誌異

障愛塞

寫作遇到障礙
勃起遇到障礙
報名障礙賽
第一關就卡住
窒愛難行

還是不太懂

我終於懂
穿上更緊的衣服
突出的乳頭在冬天更加突出
讀書的乳頭
在冬天更加獨處

XL買回M

我終於懂
穿上更緊的衣服
那是自信的依附
每當跨出自省的一步
更靠近知行合一的藝術

做事配飲料

又點了無糖少冰
今晚我是無償的哨兵
世事無常
試試也無妨
有融化才有希望
當這杯又被放到桌上

騎腳踏車

脖子不舒服
想法不出爐
解放或關住
IG又少了幾個關注
一個一個數
從台北騎往關渡
剩下限速
腎上腺素
線上勝訴

幸運的傢伙

我很幸運
走很進去
性慾　興趣　戲劇
早上演戲
晚上性慾
假日興趣
我很進去
我很幸運

epilogue

慢就是快

攤牌了　躺在沙灘上
一副遮蔽一切的眼罩
暫時不用理會世間的業障
食物是冷的　即使我心再燙
你停滯了但海依舊會浪
往回看十年是一條空蕩的迴廊
贏的時候誰會想著回防

年輕時只想留下盪氣迴腸
離開家的時間一下子太長
體重機的數字　盯著我每天早上
我也試過一整天都不下床
閉幕的時候才後悔沒好好開場
閉眼的時候
一大片撲不滅的火
要我學會靜靜等候

不被看見的人怎麼會有力量
不想看見的人怎麼察覺異樣
一直上下滑心裡缺乏營養

一直想活著還能如何不一樣
就算非常普通又何妨
沒有夢想也是種夢想

學校不鼓勵畢業做和尚
和尚端湯不敢抱怨很燙
面對權威早已學會合掌
在掌聲中眼皮不敢闔上
翻下一頁直到整本合上
當鮭魚嘗試逆流而上
後面總有人在催促牠

蟻王要的也不是這種蟻后

作　　者　美國牛津大學詩詞社
責任編輯　許芳菁 Carolyn Hsu
責任行銷　朱韻淑 Vina Ju
封面裝幀　謝捲子@誠美作
版面構成　黃靖芳 Jing Huang
校　　對　黃莀着 Bess Huang

發 行 人　林隆奮 Frank Lin
社　　長　蘇國林 Green Su

總 編 輯　葉怡慧 Carol Yeh
主　　編　鄭世佳 Josephine Cheng
行銷主任　朱韻淑 Vina Ju
業務處長　吳宗庭 Tim Wu
業務專員　鍾依娟 Irina Chung
業務秘書　陳曉琪 Angel Chen
　　　　　莊皓雯 Gia Chuang

發行公司　悅知文化　精誠資訊股份有限公司
地　　址　105台北市松山區復興北路99號12樓
專　　線　(02) 2719-8811
傳　　真　(02) 2719-7980
網　　址　http://www.delightpress.com.tw
客服信箱　cs@delightpress.com.tw
ＩＳＢＮ　978-626-7406-60-1
建議售價　新台幣360元
首版一刷　2024年5月

國家圖書館出版品預行編目資料

蟻王要的也不是這種蟻后 / 美國牛津大學詩詞社著. -- 初版. -- 臺北市 : 悅知文化精誠資訊股份有限公司, 2024.05
192面 ; 12.8×18公分
ISBN 978-626-7406-60-1 (平裝)

863.4　　113004457

建議分類｜華文創作